KB267386

최 길 순 시집

괜찮습니다

산사나무시선 03

최 길 순 시집

괜찮습니다

산사나무

시인의 말

살면서
어떤 운명에 이끌려
휘몰아치는 눈비를 온몸으로 맞지 않았다면
나는 끝내
내 안의 깊은 영혼을 끌어내지 못한 채
묻어 버리는 삶을 살았을지도 모르겠습니다.

막연한 소망이 바람이 되어
내 안의 터를 끄집어내
흐르는 강물에 풀어놓듯 중얼거리며
감히 '시집'이라는 것을 내놓게 되었습니다.

미흡하나 바라건대,
애써 길어 올린 이 결과를
타인의 표정만으로

함부로 재단하지 않기를 바랍니다.
그리고 제 시를 읽는 누군가에게
잠시라도 공감이 되고
조금이나마 위안이 되기를
진심으로 소망합니다.

이 글을 쓰도록 이끌어 주신 교수님과 동인들게 깊은 감사를 드립니다.
더불어
함께해 준 우리 가족, 동반자 이종윤 님과 이은태 이영신 이미정 이기태 며느리와 사위들, 사랑스러운 손주 손녀에게도 고마움을 전합니다.

함께여서 고맙습니다.

2026년 봄을 기다리며
최길순

목차

2부 사계의 풍경

3부 추억, 그 아련함 속으로

제 1 부

나를 찾는 시간

비틀거리는 것은 햇빛만이 아니었다

삶이여
다시 혈관 속으로 돌아오라
햇살은 부서져 내리고
절망은 파편 되어 흩어진다

처절하게 깨어진 무릎과
실시간 육박전을 벌이고 있다

어디로 어떻게 던져 버릴까?
통증의 시달림을 사정없이
우주 밖으로 던져 버리고 싶다

손가락 사이로
하얗게 증발해 버리는 투명한 빛
스르륵 빠져나가는 비틀거리는 영혼

무릎이 부서지는 걸 보고
내가 할 수 있는 일은
오직 기억 속에 남겨 두는 것일 뿐

회화나무

아프다고 소리치는
영혼 없는 바람 소리에
밤새 가슴으로 울었다.

고통스럽게 사라진들
무슨 흔적이 남을까
그냥 그렇게
살다가 가는 것을

어제 같은 오늘이 지나간다
생의 어딘가에 움푹 파인 곳
지금이 이 자리인지

한없이 외롭고 슬픈 밤
창문에 비치는 구름 사이
이지러진 달빛

지친 마음 내려놓은 회화나무에
어제의 바람이 떠나려는 듯

여윈 작은 가지들이
오래도록 흔들리고 있다

부표

하늘과 땅이 흔들리며 울부짖는다
뚫린 듯 퍼붓는 빗줄기

직선으로 내리치던 빗줄기
흔적을 지우며 부유물처럼 떠돌고
거무칙칙하던 하늘은
선홍빛으로 물들어가고
어둠은 허무를 삼키며
고독과 적막 사이에 눕는다

하루하루 지나면
어김없이 또 다른 하루가 오고

지친 세월은 창살 없는 감옥을 만들고
불확실한 미래를 향해 긴 터널을 달린다
끝도 없이 떠도는 절름발이 늙은 새
오늘도 부표浮漂를 찾아
지친 날개를 접는다

불면의 창

상실이라는 이름의
파도가 거침없이 일렁인다

토해내지 못한 말들이
가슴에 비수처럼 꽂혀
목덜미는 불협화음으로
터질 듯 차오른다

단 한 번도 열리지 않던
마음의 벽
내리치며 솟구치듯
허공에 흩어지는
날 선 파편들
소리 없이 지워져가는
허무한 시간 속에서
기억 저편 암울한 페이지로 저장된다

복사되는 인생

아침에 눈을 뜨면
온통 불안한 뉴스들이
세상을 집어삼킨다
어디서부터 삭제할까?
클릭 또 클릭
어떤 슬픔이 삭제된다
낯선 페이스들
복사되는 정보들
너와 나의 갈림길
걷잡을 수 없는 파문이 인다

현실을 복사하고
미래를 저장하며
반복되는 출근길
매달려가는 지옥철
덜컹거리는 소음에
작아지는 희망과 꿈들

그래도 살아 있음에 감사하며
질기고 긴 어둠 몰아내며
또 하루를 살아내는 거라고
자동으로 복사되는 결심들
미래를 위해 저장한다

때론 거리를 방황할지라도

바람 부는 명동 거리
골목골목 눈에 담아 본다
사람들은 드물고
싸늘한 바람만이 거리를 방황한다

해 질 녘 은은하게 퍼지는
성당의 종소리
낯선 이방인들의
가슴속에 빛바랜 추억만이 감돌고

조금만 더 늦게 떠났더라면
그대여
동굴 깊숙이 파고파고 들며
테이블 위를 구르던 진한 커피 향

한 조각 노을빛으로 사라진다 해도
때론 거리를 쓸쓸히 방황하고 있을지라도
서러운 청춘의 갈망을
쓰고 또 쓴다

사랑하는 그대여

어쩌다 저녁
쓸쓸한 거리에서
그대를 만났을 때
사랑하는 그대여
우리 이렇게 헤어지지 말아요

내 묵은 시집 속에서
그대는 동화책의 그림처럼
수줍은 진실로 살아 있네요
우리 같이 불면의 밤을 갈아
그리움의 꽃씨를 뿌려요

음악이 잦아들던 커피숍
테이블에 구르던
그대와의 이별이
이슬비 되어 내린다 해도
사랑하는 그대여
이렇게 돌아서지 말아요

보잘것없는 풀꽃들도
의미가 깃들면 소중한 것을
밤마다 등불이 되어
그리움이 환해져도
마음에는 항상 찬비만 내려요
꿈에서라도 그대 만나면
오선지에서 부활하는 빛나는 금빛 선
꿈의 우수가 눈을 뜨네요

사랑하는 그대여
원정녀의 손길이 한층 그리운 저녁
포도원이 있는 가을이라도 생각하세요
피아노가 있는 가을이라도 생각하세요

램프 밑에서 밤을 새우며 시 쓰던 가을
긴 여행에서 돌아온 목마
지친 목을 축이고
우리가 아린 애정의 고삐를 풀고 있을 때
가슴 밑바닥을 휩쓸고 지나가는

폭풍 같은 서러움을 느낄 때

흐려진 유리창에
칸나 같은 그대 이름을 쓸 때
서러운 꽃말처럼
내 손끝에 묻어나는
은빛 슬픔
남모르는 별을 키우며
내가 그린 작은 입맞춤
가만히 살아나는 여린 숨소리

사랑하는 그대여
지나가는 비처럼
어느 낯선 거리에서
그대를 만났을 때라도
이렇게 섭섭히
헤어지지 말아요

단상 斷想

내일의 어디쯤에서 오고 있을 당신
골짜기를 따라 그 계절로 다가가
마른 가지 끝에 서성입니다

노란 은행잎
붉게 물든 단풍
푸르뎅뎅한 물푸레나무
겹겹이 밟히는 낙엽들
설익은 도토리 툭툭 떨어지면
수많은 이별들이 휘청거립니다

이별은 나에게 쓰러지는 아픔이었듯
돌아올 마음이었다면
떠나지도 않았을 것입니다

날것들

휘파람새 팔색조
지빠귀 작은 콩새들
신비로운 새들의 밀어
들장미 하품하는 한나절
하얀 나비 나풀나풀
꿀벌들은 윙윙대고
병정개미는 숨 막히는 훈련 중

실바람 살랑살랑
햇빛 뒤집는 이파리들 사이로
흰 구름 살금살금 흐르고
풋풋하고 달콤한 향
입 안 가득 상큼한 느낌
숲속의 나른한 한나절
이 모든 것이
신선한 날것들이다

폭포

세차게 몸을 던지는 소리
무엇을 향해 달려가는지
바닥까지 내려가는 절벽의 두려움

바람과 새소리
하얗게 부서지는
물방울들의 숨소리
은실을 풀어 내리는 안개비
피안의 강기슭으로 가는 것인지

불현듯
허전한 웃음소리
폭포 앞에 불러 세운다
희미해진 너의 이름이
안개 속을 헤매며
가물가물 일어선다

비탈길

진눈깨비 내리던 날
모퉁이를 돌아서면
기억이 발걸음을 멈추게 한다

비탈진 길을
어둠마저 삼켜 버리고
언덕길은 진눈깨비로 질척인다

자정을 알리는 종소리
짓누르는 삶의 무게에
가랑잎 같은 두 손으로
얼어 버린 언덕을
오르고 또 오르며

해가 바뀌어도 그 자리에 남아
아무리 몸부림쳐 봐도
언덕 위의 인생이란
쓸쓸하기만 하다

아빌라(AVila) 성

어두워지자
깊은 계곡 속에서
몽글몽글 피어오르던 안개는
도시를 감싸안으며
낯선 여행자를
중세의 성벽으로 끌어들인다

푸른 안개 사이로
광장으로 모여드는 사람들
희미한 달빛 아래
손을 맞잡고 노래하고 춤추며
역사의 한 페이지에서
또 하나의 신화를
만들어가고 있었다

거대한 성벽 사이로
전쟁의 아픈 상흔들이
시린 바람으로 울부짖고
인고 끝에 세워진

그들의 자존심이 세월의 한가운데
거대한 성으로 우뚝 서 있다

어부

한참을
매달리다
떨어지는 빗방울

창 너머
아득히 수평선
거친 파도에
불빛마저 흔들린다

창가에 드리운
한세상 시름
지친 하루 동여매고
붉은 노을 안주 삼아

아무도 몰라주는
고된 삶을 달래려
막걸리 한 사발
시원하게 들이킨다

종소리

은은하게 울려라
바람 부는 날이면
눈보라 치는 밤이면
줄을 세차게 흔들어라

푸른 하늘에 한 마리 새가 되어
먼 숲으로 날아가
새벽안개 이슬로
아름다운 빛이 되어라

어깨너머 잦아드는 추억을
한 올씩 당기어내듯
수런거리는 상념의 창
혼자만의 시름이
연기처럼 흩어지도록
더욱 세차게 줄을 흔들어라

창가에서

도시의 불빛이
하나둘 사라질 때면
까만 밤하늘 별들이
소리 없이 창가로 내려온다
깃털을 깔아 놓은 듯
구름 사이로 내리는 별빛이
끊임없이 흔들린다

창가에 기대앉아 별을 세며
별 하나 별 둘
별들이 사위어갈 때까지
허공에 점 하나 사라지고
유리창으로 하얀 온기 스며들면
빈 가슴 언저리엔
길 잃은 바람만이 가득 밀려온다

이 또한 지나가리라

이른 아침
까치들 잔소리에
대나무밭 댓잎들이 투덜거린다
끝도 없이 반복되는 일상
멀지 않은 곳에 봄은
아지랑이 속에 아른거린다

어쩔 수 없었던 부조리함
새날이 밝아 와도
마음 한편엔 두려움만

죽을힘 다해 온몸을 던져
바닥을 치는 물고기들처럼
살아 있다는 것,
그것이 희망이다

이 또한 지나가리라

존재의 이유

떠나보내기 위해
시작하는 거라고
봄은 겨울을 보내기 위해
피어나는 꽃이라고

바람은 이리저리
허공을 맴돌고
파도는 멍이 들도록
제 몸을 후려친다

밤새워 쌓은 모래성도
아침이면 부질없이
사라진다는 걸
증발하기 위해
새벽을 살아온 이슬처럼
거침없이 쏟아지던 빗발도
한순간에 사라지듯
이 모든 것은
소멸하기 위해
존재하는 것이겠지

수선화

물을 것도 없으니 답할 일도 없네
따사로운 양지에 가만히 앉아 있으면
파란 하늘 봄바람이 귀밑을 맴돈다

마른 풀잎 사이로
차가운 바람을 견디고
잔설 흐르는 골짜기
슬픔보다 진한 몽환의 안개
전설처럼 흐르는 이야기

바람처럼 떠돌아 고독의 끝에서
눈부시게 빛나던 노란 수선화

가슴 시리도록
눈썹 끝에 매달린다

벤치에서

나뭇잎들 가득한 벤치
첫사랑 고백이
나뭇잎처럼 떨린다
바람의 수줍은 입맞춤
초록의 질감이
살랑살랑 부푼다

바람 부는 날
벤치에 앉으면
깊은 곳에서 차오르는
이름 모를 서러움
산그늘 길어져가면
그날의 기적 소리
귓가에 울리고
햇살에 눈 감으면
떨리던 눈빛은
안개 속으로
점점 멀어져 간다

아이러니한 인생

많은 알약을 내밀며
건강을 지킬 수 있다는
회유와 협박에
이성은 마비되고
두려움과 현기증에
굽어진 몸이
더욱 움츠러든다

한 알 두 알
가까스로 목구멍으로 넘기면
생각지도 못했던 부작용
새로운 바이러스가
약해진 면역력을 뚫고 들어온다

거만하게 으스대는 순간
건강은 어이없이
비틀거린다

인생은 참
아이러니하다

괜찮습니다

사람 사는데 무슨 거창한 이유가 있습니까
철학을 가지고 사는 것도 아니고 그냥 그렇게 살아가고 있을 뿐
그러다 어느 날 갑자기 뒤통수 맞는 거라고
어처구니없게도 그놈 인생이란 거 기댈 것이 못 되오
마음 한가운데 단단한 나무 한 그루 심어 놓으면 될 것입니다

괜찮습니다
가끔은 진저리치듯 세상사
실타래처럼 얽혀가도
어차피 한 번
부려 놓은 삶이라면
길가에 돌멩이 하나
힘껏 걷어차 버리고
저 맑은 하늘 올려다보며
크게 한번 웃어 봅시다

고흐의 별들

밤하늘에 얼어붙은 반짝이는 별들
소용돌이 바람 타고 우주를 돌고 있다

차가운 땅에서 기다렸지
별 하나 닿으려고
밤마다 돌고 돌아
골목 끝에서 오래도록 들썩이는 마른 어깨
허공을 헤매는 앙상한 뼈들
눈을 털어내며 얼어 버린 여린 손

어스름 저녁이면 빈 아궁이에
청솔가지 투둑투둑
소스라치듯 별 하나 지붕 위로 떨어진다
밤하늘 고흐의 별들
상념 가득한 어깨 위에
비밀 하나 심어 놓았네

소행성으로 날아간 새 떼들

허공을 가득 메우는 새들의 날갯짓
폭포처럼 쏟아내는 햇빛
팽팽하게 부딪히는 창공
한바탕 토해낼 듯 어깨를 움츠린 천둥과 번개
회오리바람과 구름 속 소용돌이
섬광처럼 번뜩이며 굵은 빗줄기 쏟아붓는다

새들은 젖지 않는다
밤새 비에 젖는다 해도
아침이면 날개 번뜩이며
보란 듯이 창공을 향해 날아오른다
그리고 아주 먼 이름 없는
소행성으로 날아간다
또 하나의 꿈을 찾아서

허공

세월의 무상함에
눈시울이 붉어지는 날

창문을 열고
허공을 바라본다

칠흑 같은 밤
세월에 베인 푸른 투망을
허공에 힘껏 던져 본다

얽히고설킨 이승의 인연들
하얀 낮달 사라지듯
빈 그물만 남아 있고

끝도 없는 물레질
동트는 새벽길에
찬란한 은실을 풀어
허공에 다시 던져 본다

흔들리는 슬픔
- 코로나

물푸레나무 가지를 흔들고 지나가는
저 바람은 어디서 불어오는지
바람의 길에 국적 없이 편승하여
전 세계를 공포와 두려움에 몰아넣는다
이제는 그만 털어 버리고 싶다

어느 날
잦은 기침에 병원을 찾았을 때
이미 폐렴이라는 CT 결과
몸과 마음은 산산이 부서져 내리고
눈길마저 피하던 의사
바이러스 검사는 다행히 음성

그 순간부터 병마와의 싸움
독한 항생제와 서서히 말라가는 붉은 피
하루 이틀 한 달 두 달 그렇게 반년
영혼마저 피폐해져 온몸은

푸른 멍이 돋고 돋아
살얼음판 같은 날개 접은 채
이 자리에 우뚝 서 있다

두꺼운 구름층을 뚫고 시원하게 쏟아내는 빗줄기
이 장마에 모든 것들이 씻겨나가기를!

바람의 노래 1

하늘 모서리에 먹구름 밀리더니
숨 가쁘게 바람이 달려온다

쩡쩡한 한낮 단단한 결핍을 뚫고
매미들의 다급한 울음소리
떠밀리듯 아찔하다

천년을 한자리에 사는 바위도
못 견뎌 들썩이는 듯

끓어 넘치던 생의 무늬
한낮 아스팔트의 뜨거운 오열

시원한 소낙비 한줄기에
비둘기 한 마리
가쁜 숨 몰아쉬며
허공의 비상구를 뚫고 날아간다

바람의 노래 2

대나무 숲으로 들어가 보면
가만히 있어도 수많은 이야기가 수런거린다
시커먼 구름이 몰려오면
오랜 세월 삭혀 두었던 가슴 속 응어리
시원하게 쏟아낸다
시린 댓잎들은 사각사각
제 몸끼리 부대끼는 생채기로
마디마디 옹이로 남아 두런거린다

삶이란 때론 걷잡을 수 없고
망망대해 돛을 잃은 조각배 같은 것
마음 한구석 빈자리에 등댓불 밝히고
조용히 지도를 펼쳐 보리라

바람 부는 날이면
눈을 감아도 댓잎들의
수런거림이 귓가에 맴돈다

바람의 노래 3

길 잃은 바람이
도시의 빌딩 숲을 헤맬 때
삶은 서걱대며 종종걸음친다

싸리문 울타리 은밀한 달빛 숨어들면
빈 집터엔 잡초만이 무성하고
구들장 밑으로 불기둥 솟구치면
꿈속 고향 집 감나무 아래 조용히 일어선다
그리움 사무쳐 빈 가슴 내리치면
도리깨질 콩깍지 자지러질 듯 알알이 튄다

옹기종기 둘러앉아 환한 함박웃음
책갈피처럼 봉숭아 꽃물에 묻어 두면
어느새 바람은 뿔뿔이 흩어진 가족들처럼
잔가지를 흔들며 어디론가 떠나고 있다

바람의 말들

허공이라는 투명한 벽에
지우고 쓰고 또 지우기를 번복한다

헤어날 수 없었던 차가운 거리
모두 막혀 버린 출구
숨 막히는 날 선 파편들이 기억을 찌른다
끝내 버릴 수 없던 희망의 끈
지쳐 버린 어둠에서 늘어가는 불면의 밤
허공에 향해 하염없이 중얼거린다

차가운 벽에 갇혀 버린 우울한 시처럼
내 머릿속은 항상 바람이 분다
떨어져 나간 기억들이 돌아오려고
밤새 중얼거리는 바람의 말들
지상을 떠돌며 기억을 소환하듯
내 가슴을 후비고 지나간다

바람, 바람은

하늘에서 땅으로
이어지는
고요한 숨소리

때로는
빨랫줄에 걸려
간지러워 비트는
양증스러운 몸짓에
살짝 부끄러워

때로는
이리저리 사정없이
다가오는 것들을 향해
할퀴고 울부짖으며
사정없이 휘어 감는다

한번 춤을 춰 봐

사는 것이 흥에 겨워
허수아비 등에 업혀 건들건들

해 질 녘 황금색 물감이 번지듯
새들은 바람의 꼬리에 매달려
그들의 언어로 노래 부르며
창공으로 날아오른다

산다는 건 이렇게
슬픈 몸짓으로 춤을 추는 것인가 보다

서늘하고 축축한
무서리에 얼기설기 비비며
사락사락 슬픈 갈대들의 노래

첼로의 가장 낮고 슬픈 현이
삶의 언저리를 감싸안듯
바람은 고요히 어둠을 끌어다 덮는다

안개 1

옷자락을 휘감는 항구의 물안개
바닷가 긴 뱃고동 소리
이별은 긴 아쉬움을 남긴다

산등성이를 뒤덮은 푸른 안개
계곡을 따라 유영하듯
산허리를 자르고
봉우리만 허공에 유령처럼 떠 있다

감당하기에 지쳐 버린
삶이라는 무게
가슴을 짓누르던
불면의 밤은
안개비로 몸부림치며
슬픈 얼굴로 흘러내린다

안개 2

살아온 날들이 눈물이 난다
나의 삶은 그야말로
잿빛 안개에 침몰당한 것이다

희미하게 드문드문 젖어 있는 모퉁이
오직 한길 우직하게 융통성 없이
징그러운 운명에 헛발질만 하고 살았다

비바람 맞으며 외치는 소리에
아무것도 알 수 없어
허공을 향해 내지르던 소리

바람은 잿빛 하늘을 몰고 와
메아리로 소리치는데
안개는 여전히 그 자리에

산다는 것은 온통
잿빛 안개
안개일 뿐이다

골목길 1

가로등과 전봇대
돌멩이 하나하나 말을 건네 온다
어두워지면 환한 달빛이 바람의 길을 열어 주고
누군가의 헛기침 소리에 서로의 안부를 묻는다

모퉁이 돌아
미로처럼 펼쳐진 길
햇살도 찬바람도
삶의 무게를 나누고
목련 꽃 흐드러진 담장
댓돌 위 흐트러진 검정 고무신
멀게만 들리는 발소리
창 너머 희미한 불빛에
흐려지는 적막한 그림자

벗어나기 힘든 낮고도 힘든 삶
어둠이 지배한 헛헛한 외로움
가로등도 희미한 골목길엔

그래도 삶을 살아내야 하는 사람들이
시린 추억 하나 가슴에 묻어 둔 채 살아간다

골목길 2

매서운 바람에
앙상한 나뭇가지는
계절의 끝을 가리키고

텅 빈 거리는
쓸쓸한 흔들림으로
종종걸음친다

비릿한 재래시장 한 귀퉁이
줄줄이 누워 있는
얼음장 같은 찬 몸뚱이들
타는 듯 노을 속에 눈 감아 버린다

어둑어둑한 골목길
한 발자국 두 발자국
낙엽을 끌고 오는 힘겨운 발자국

주머니 깊숙이
하루의 고단함이 한 움큼

끝없이 무너지던 절망의 빈손

종일 시린 발목으로 서서
그래도 다가올 내일을 기대하며
먼 하늘 바라다본다

골목길 3

하얀 여백에 함부로 써 본다
차라리 모래 위에 쓸까
파도가 밀려와 지워진다 해도
안으로 소환하고 싶은 언어들

어스름 골목길 한 모퉁이 돌아서면
온종일 시린 발목으로 서서
허둥대지만 손에 잡히는 건
쓸쓸한 찬바람

희미한 가로등 불빛 아래
깃발처럼 펄럭이는 광고지들
장승처럼 서 있는 전신주
얼기설기 거미줄처럼 늘어선 통신망
어느 하나 얽히는 일 없이
거침없는 태풍이 몰아쳐도
절대로 줄을 놓치는 일은 없다

반달

창가 좁은 틈으로
가녀린 그믐달이 살며시 웃는다
어느새 차올라
쌍동밤 반쪽 되었다

"이별은 달콤한 슬픔이라"
밝은 달은 너의 모습 같아

새벽이면 사라지는 너의 슬픔
깨어지는 어둠의 파편들
가슴에 일렁이는 바람 한 조각
네 모습 닮은 슬픈 반쪽
달빛에 흔들리던 그 길에서
나는 아직도 너를 기다린다

낮달

계절의 길목에서
서늘한 이별의 예감

한없이 푸르른 하늘과
간간이 깔아 놓은 새털구름 사이로
하늘은 한없이 멀어져갑니다

멀리서 들려오는 소식에
시월의 이름으로 당신을 불러 봅니다
붉게 물들어 가는 잎새에
외로움마저 빛바랜 액자에 담긴
흑백사진처럼 옅어집니다

가지 끝에 매달린 희미한 안개비처럼
사라질 버릴 것만 같은 불안함
오지 않을 날들이 생의 비밀인 양
한 겹 두 겹 두께를 두르고 있습니다

소멸해가는 가을
중심에서 조금씩 이탈하는
시월의 하얀 낮달이
어렴풋이 눈썹 끝에 매달리고

기러기 날아가는 하늘 멀리
타닥타닥 자작나무 타는 냄새
가을이 타는 진한 향기에 젖어 봅니다

보름달

잘 익은 능금처럼
밤을 사르는 빛으로

정精한 이 마음을
밤하늘에 지피고

밤마다 돌고 돌아
여윈 꿈을 채색하며

한恨 푸른 이 마음
둥근 목소리 심어 본다

청계천의 달

청계천 다리 아래
달이 뜨면
새벽이 열리고
백열등 아래
형형색색
멋들어진 실루엣

사람과 사람들
부대끼며 살아가는
진한 삶의 모습
오늘의 지친 땀으로
내일을 열어간다

청계천 푸른 물에
손을 담그면
일렁이던 달 사라지고
잔잔한 물결 위로
아침 햇살 떠오른다

열엿새 밝은 달 1

터질 듯이 한껏 부풀어 오른
열엿새 밝은 달아
달빛 비치는 하얀 모래언덕
부서지고 다시 살아나는
슬픈 파도 소리
지친 세월 회상하면
한 발 한 발 문신처럼 찍혀
생이 등 피로 흐르는 밤
가슴 깊이 묻어 둔
검푸른 물결
출렁이는 허한 웃음들
하얀 달빛 아래
모래알처럼 스멀스멀 일어선다

젊은 날을 송두리째 훔쳐 버린
달빛 환한 모래밭
봄, 여름, 가을, 겨울
사계의 악보를 지으며
쓸쓸히 멀어져가는
너의 발자국

열엿새 밝은 달 2

열엿새 둥근 달아
창가에 매달린 금화처럼 밝구나

마음 접어 두고 사는 것이
얼마나 큰 고통인지

슬픔을 억눌러야 하는 순간들
달을 바라보노라면
눈 녹듯 사라지고
홀로일 수밖에 없는 고독
일렁이는 바람에도 숨죽인다

달을 보며 맹세하고
달을 보며 이별하고
또 그리워하는 것을
돌고 도는 만 가지 생각에
달이 차오르고 기운다

스쳐 지나가는 꿈이었나

나의 노래는 저 멀리 푸른 파도에서 시작된다
달빛 비치는 모래언덕
초가을의 서늘한 바람이 짧은 치마를 들썩인다
미친 듯이 달려오는 파도는
절벽에 냅다 하얀 물거품 퍼붓는다

달빛이 모래밭에 녹아내리면
저편에서 뭉클한 것들이 내 목을 짓누른다
그 순간 검푸른 물결이 어둠에 스미고
내 영혼은 깊은 소용돌이에 한없이 빠져든다

알 수 없는 추억들이 돌고 돌아
안개 속에서 헤매는 눈빛
골짜기 죽은 참나무에 송이송이 맺힌 눈물
그 축축한 살점을 뜯어가며
한 발 한 발 거친 능선을 헉헉댄다

동이 트는 희붐한 새벽
짙은 안개에 반쯤 잘린

월명암이 공중에 떠다니고
영혼을 깨우는 목탁 소리
소용돌이가 멈칫하더니
깊고 어두운 해저 늪으로 빠져든다

붉게 타오르는 서해 노을을 바라보던 낙조대
때론 작은 새들이 깃털을 말리며 부리를 갈던 작은 바위
잠시 편안과 침묵에 멀어지던 소용돌이의 허무
두 손 가득 빛나던 은빛 모래
손가락 사이로 스르륵 사라지는
바람, 바람이었네.

새벽달

비틀거리며
힘겹게 창문을 연다

무한 허공
밝은 빛

달빛에 벗꽃 잎이 사르르
물 위에 하염없이 떠내려간다

저 꽃잎들
지는 줄도 모르고 후르르
달빛에 취해 흔들린다

하얗게 시려 오는 새벽
유성 하나가 하늘을 가른다

일상 1

간밤에 빗줄기 쏟아내더니
말간 하늘이 얼굴을 내민다
푸른 하늘에 목화솜 뿌려 놓은 듯
뭉게구름 서서히 바람 타고 흐른다

언뜻 스치는 얼굴
계절은 소리 없이
빗방울을 지운다

긴 장마와 태풍으로
목덜미까지 젖어 버린 슬픔
불확실한 삶이 피안으로 흐른다

바람에 흔들리듯 살아온 날들
분탕질하듯 사는 삶
권태로운 일상의 번복
허한 가슴에
나무 한 그루 심어 두고
말없이 등과 등으로 기대어 본다

일상 2

밤 열시
게으름에 질척이며
이불 속으로 깊숙이 파고든다
집으로 돌아오는 시간
돌돌 말린 실타래 같은
이불을 풀어 젖히고
허둥지둥 새벽을 향해
비몽사몽 달려간다

칼바람이 폐부까지
깊숙이 파고드는 청계천
푸른 백열등만이 파르르 떨고
골목마다 차가운 바람

손님 맞을 준비를 마치고
따뜻한 커피에 쓸쓸함과
약간의 두려움을 녹인다
다시 북적이는 현실

시린 손과 발 동동거리고
손님들과의 실랑이에
커피는 차갑게 식어간다

무제 1

어둠이 내려
아무것도 보이지 않고
어떤 것도 들리지 않는다

창가에 기대 흐느끼는 몸짓
밤하늘 별들만 빛을 발하고
찬바람에 가슴을 후비는 곡조
시간은 그 무엇으로도
보상받을 수 없다는 것을
말해주는 듯

밤새 서릿발은
대지를 높이 세우고
시름에 겨운 언어들은
눈송이로 흩날린다

무제 2

비에 씻긴 하늘이
한층 높아 보인다

계절은 어김없이 다가오고
성급한 낙엽들이
초가을 입김에 서서히 젖어간다

가지 끝에 서성거리는 새벽안개
무게를 이기지 못하고
지치듯 떨어져 버린다

자연의 오묘한
순간과 영원 속에서
내밀하게 움직이는 투명한 그림자들

바람과 낙엽이 부딪히는 소리에
맑은 하늘 소스라치듯
비명을 지른다

무제 3

햇볕이 오후를 낱낱이 투시하듯
손가락 사이로 맑고 투명한 하늘을 끌어당긴다

작은 액자가 된 창틀 사이로
흑백 기억들이 쉼 없이 흘러간다
지난날들이 한순간에
스르륵 스르륵

순간의 몸짓들 내밀하게 부대끼며
흐르는 세월 속에 묻혀 살아간다

무제 4

히말라야 마나슬루 계곡
만년설처럼 차가운 도시
서쪽 하늘가에 하얀 낮달 스르륵
저 멀리 산봉우리 붉게 타오르면
건물 사이로 빠르게 어둠이 흩어진다

하릴없이 기다리는 시간
멀리 남풍에 실려 오는 꽃 소식
골짜기에 안개처럼 번지는 아카시아 향기
굽이굽이 능선 따라 싸리꽃 향기

도시에선 느낄 수 없는 것들의 빛깔들
어두워지는 낯선 도시에서
간신히 나뭇가지에 매달린
몇 개의 잎새들을 세어 본다

병상 일기 1

상상외의 두려움

마취할 때 그 기분이란

온 천지 유리창이 깨지고

깨지는 파편들이

허공을 날아가는 날 선 잔상들

그만 눈을 감고 말았다

깊고 깊은 수렁에 빠진 것처럼

정신을 잃고 말았다

수술 후 3일 만에 보는 햇빛

빠르게 산을 넘어가는 붉은 노을

너를 따라갈 수 없는 슬픔에

사방이 하얀 벽에 갇혀 버린

날개 잃은 내 영혼

한 마리 새가 되어

병상 위 허무를 쪼아 먹는다

병상 일기 2

비틀거리는 글자들이

바람 속을 날아다니며

제멋대로 춤을 춘다

라일락꽃 바람 따라

코끝이 아려오고

거리마다 눈이 부신 햇살

창 너머 세상은

아늑하고 순응적이다

가늘게 떨리는 커튼 사이로

아득히 먼 수평선 잔물결치고

내 마음은 꿈속인 양

평화롭고 고요하다

흔적 1

끝없이
밀려오는 허전한 마음
어두운 창가
미처 지우지 못한 생각들이
차갑게 매달려 있다

돌아갈 수 없는
무너진 세월
지친 하루
비틀거리며 열어가는
흔적 없는 삶

눈 덮인 벌판에
희미한 발자국들
사락사락 덮어가는
거침없는 눈보라

삶의 무게로 견뎌온
등이 굽은 나무는
소리 없는 메아리로 흐느낀다

흔적 2

꽃처럼 단풍처럼
타는 듯한 사랑으로
청춘은 지나간다

유리창에 흔들리는 고목나무의 설화
지나온 삶의 응어리진 상처

사랑이 담긴 한마디
방 전체를 환하게 만들던 의미들

이제 아픈 기억으로 남아
잃어버린 퍼즐 조각
슬픈 전설로 남는다

꽃등

어스름 저녁
한 줄기 불어오는 바람
골목길 한 모퉁이에 겹겹이 슬픔 두르고
환한 꽃등이 웅크리고 앉아
켜켜이 매달린 허물 벗어 던진다
붉은 동백 뚝뚝 발등으로 떨어지던 날
둥지를 맴도는 가여운 어리석음
바람 따라 어느 강기슭 안개로 떠다니는 영혼이여!

초등학교 동창 정순이가
돌아오지 않을 소풍을 가고 말았다
함께했던 어린 시절이
잠시 흑백 필름처럼 스쳐 지나간다
몇 해 전 베트남 여행도 함께 갔었는데
그때도 넌 많이 아팠었지
정신 줄을 깜박깜박 놓아
우린 서로서로 도와가며 여행을 했지
그 후 1년 뒤
그렇게 떠났나 보다 그게 너와의
마지막 여행이 되었구나

나비의 잔상

숨이 턱턱 막히던
어느 여름날
잠시 빨간 불에 갇혀 버린다 순간,
차창에 부딪히는 하얀 나비

뜨거운 아스팔트에 떨어져
시리게 빛나던 작은 날갯짓
열기에 점점 스러지는 한쪽 날개
뜨겁게 살아온 한 생이
서연히 사라진다

뜨거운 울음 토해내던 바람
질질 끌려가는 죽음의 행렬
살아 있는 자들의 상처가
자연의 법칙을 상기시키며
아무 일 없듯이 달리는 풍경들
수많은 나비의 잔상들이
짙푸른 숲속으로 날아간다

검은 점

사람 사람마다
그러했으므로
앞뒷면 끄집어내
얄팍한 흠집 내며
술렁대는 이야기들

얄미운 경고음이 울리면
신화처럼 비밀스러운 하늘에
검은 점 하나
기울어 수평선으로 사라진다

삶의 그늘에서 질척거리던
외로움 마구 뒤엉켜
차갑고 매정하게
굴러떨어진 상상의 기념물들

오늘 밤
차가운 껍질을 벗고 나온
순진하기만 한 나의 몸짓이
자꾸만 흔들리듯 멈춰 서고 있다

아침 향기

햇살 몰고 오는 쪽으로

살며시 고개 내밀면

엎드려 꼭꼭 숨은 그림

장난치듯

웃어 주며

건너오는 아침

비단 융단

깔아 놓으며

수줍게 걸어오는

네 마음 묻어 둔

따뜻한 향기

월광 소나타
– 가평 이루마 음악회에서

숲속의 정령들이 하나둘 깨어나기 시작하고
하늘의 별들은 맑은 빛을 건반 위에 쏟아내고
축제는 바람과 함께 시작된다

골짜기를 한바탕 휘적시는 피아노의 선율
그림 같은 화음과 숲의 향기
허전함과 무아의 영혼들이 어우러지고

짓눌리는 듯한
무거운 육신이 흔들거린다

피아니스트의 하얀 손이
건반 위에서 춤추면
달빛에 바치는 월광 소나타
뜨겁고 감미로운 전율이
고요한 숲을 휘감는다

산책

햇살과 바람이 손짓하는 길을 따라 걷는다
홀로의 적막을 두드리는 심장 소리
수많은 발자국이 남긴 뼈를 밟으며
그렇게 바스락바스락
전생의 숲길로 들어선다

속살거리는 나무들
허밍처럼 들리는 새소리
바람이 흔들 때마다
나무들의 푸른 정맥이
땅속 깊은 전설이 요동치면
찔레꽃 하얗게 이슬비 내려
몽환의 꿈을 꾸듯 나의 전생을 소환한다

빈 벤치에 앉아 먼 하늘 바라보면
푸른 하늘에 흰 구름 떠다니고
노을빛 물드는 먼 하늘가 풍경
새 한 마리 허공 속으로 사라진다

다시 제자리에

어둡고 혼자였던 밤
칠흑 같은 밤의 무늬를 필사해 본다
흐트러진 짧은 조각들은
평생 그리움이었다
스산한 바람이 불어오던
낡은 처마 밑
밤이면 도깨비들의 놀이터
장단에 맞춰 쿵쿵 쿵더쿵
그런 밤이면 간간이
스치던 달빛마저 어지러워

희붐한 새벽
작은 웅덩이에 스멀스멀
파란 안개가 피어오르면
산비탈 어렴풋이 빛을 가로지르며
먼 산그늘 앞마당으로 데려온다

기억의 순간에
추억은 흔들리고

언제나 먼 갈림길에서
제자리로 돌아온다

통증

모든 언어가 휘발되어 버리고
밤새 통증은 이끼처럼 자라난다

그곳 축축한 바위틈에
뼈들이 이탈하려나
시린 바람이 숭숭 몰아친다

태풍에 삐걱거리던 모과나무
마지막 한 알까지 매달고
하얗게 찾아온 하루

또 하루가 기울면
붉게 스러지는 서녘 하늘
하릴없이 따라가는 바람과 구름
부둥켜안고 물빛으로 젖어든다

가을밤 깊어지면
후드득 굵은 빗줄기
창가에 들국화

내리치는 빗발에도
요지부동 끄떡없다

빗소리

맑은 유리 벽 사이로
전생의 빗소리 들린다
후드득 서로 다른 색깔이 창에 부딪혀
무지개로 부서져 내린다

온종일 퍼부어 가슴 한쪽이 무너져 내린
칸나의 뜰에 무심히 던져진
구겨진 물빛 연서

녹슨 양철지붕을 세차게 두드리던 소리
거무죽죽한 낙숫물 서늘한 창가
동그랗게 웅크린 검은 눈망울에
하염없이 스쳐가던 빗방울

아득한 전생을 떠돌던
온통 까만 저 눈동자
울음소리마저 겉도는 생
처마 밑 비루함
그 밤 빗소리 하염없다

이 소리로 닦더이다

천년의 푸른 꿈
이젠 한갓 물거품
불처럼 사른 사랑
목 넘어 잠재우고
가슴속 솟는 그 원을
이걸 치며 풀어낸다

영혼의 목마름은
종소리처럼 울리리
내 인생 저문다 해도
슬퍼하지 않으니
번뇌도 갈고닦아
별빛처럼 빛나고
허허한 가슴속을
이걸 치며 다스리며
속세의 아픈 맘

이 소리로 닦더이다

밥이 곧 삶이다

밥은 곧 생명줄이다

한 그루 인생이라는 나무에
꽃을 피워내고 열매를 맺는 일이다

엄동설한 지층에서
생의 한복판에서
몸부림치며 아파하고
감내해야만 하는 것이다

이른 새벽
흰쌀을 푹푹 씻는다
말갛게 일렁이는 알갱이들

그 모든 것들이
밥을 먹고 살아간다
그것이 흔들리는 나무든, 바람이든,

보헤미안의 삶

노을이 타오르는 지중해
매혹적인 바람이
모래언덕 끝에서
절묘하게 흐느적거린다

플라밍고 춤사위
손과 발은 허공에서
현란하게 움직이고
카르멘의 한恨이 배인 목소리
화려한 붉은 빛 드레스
가련한 무희의 가슴속에
가시가 되어 파고든다

자유를 찾아 떠나온 바람의 길
먼 고향을 그리워하는 보헤미아인
바람 따라 타국을 떠도는 집시들
가슴 먹먹해지는 보헤미안의 삶이어라

재개발

한 계절 내내 때리고 부수더니
무쇠 불 포클레인이 구덩이를 파고 메우며
쌓이고 쌓인 세월을 퍼 나른다
빨간 깃발을 휘두르며 무슨 전쟁을 하듯
일사불란하게 싹 다 갈아엎는다

골목골목 옹기종기 사연 많은 달동네
재개발의 달콤함에 버티기를 십여 년
기약 없는 미래에 점점 비루해지더니
동서남북 뿔뿔이 떠나가 버렸다

평생을 벗어나지 못하는 슬픈 허리

누구는 삶이 해체되었는데
세상은 합법적으로 잘 돌아간다
타워크레인의 긴 그림자에
붉게 타는 노을빛도
까맣게 타들어간다

제 2 부

사계의 풍경

봄 1

어느 봄날
돌담 사이
초연히 얼굴 내민
노란 민들레
변덕쟁이 바람
따스한 햇볕에
눈을 감는다

눈처럼 흩날리던
민들레 홀씨
화려한 가로수 꽃길
벚꽃잎들
허공에 흩날리고

자연의 섭리란
반복되는 슬픈 서사
차라리 눈을 감는다

봄 2

광활한 우주에 작은 공 하나
둥둥 떠다니는 외로운 지구라는 행성
한 귀퉁이에 웅크리고 앉아 쪽잠 드는 밤

등줄기를 흠뻑 적시는 서늘한 안개
달맞이꽃들의 슬픈 눈망울
어둠 밝히는 반딧불의 향연

파란 이끼가 돋아나는 돌 틈 사이로
말없이 내리는 별빛들의 숨바꼭질

부슬부슬 내리던 봄비 맞으며
노란 후리지아 한 다발
가슴에 꼭 안아 본다

봄 3

겨울의 껍질을 벗어 던진
겨드랑이에 숨겨진 초록 잎들
살며시 환한 얼굴을 내민다

촉촉이 내리던 봄비
마른 가지 부풀어 오르면
하얀 날개 고이 접어
가지 끝에 방울진다

마음은 아직 겨울이지만
어두운 땅속 깊은 곳
침묵으로 시린 삶을 견뎌내고
꽃눈 피우듯
해빙의 얼굴을 맞는다

봄이 오는 소리

우주의 공간을 조금씩 나누며
길게 떨어지는 태양

지구는 바람을 일으키고
그림자 비켜가며
파동을 일으킨다

허무하게 부서져 내린 계단 사이
작은 풀씨들의 여린 숨소리

춥고 어두웠던 지난 기억들
흰 눈 내리는 허한 벌판
시린 눈썹 끝에 사락사락 맺힌다

길 위에서 시작하는 삶
매서운 찬바람과 폭설이 길을 막는다

먼 산 아지랑이
가슴 설레는 진달래는 다시 피어난다

봄의 선물

얼음장 밑에서
비밀스럽게 요동친다
봄은 겨울을 가장 쓰라리게 보낸 나목들의 천국
시린 바람에 절망을 딛고 뿌리를 내린다

꽃 진 자리 멍울져
매서운 절망의 바람에도
보송보송 여린 솜털을 밀어 올리고
목련은 사계의 환희 속에
인고의 멍울을 터트린다

봄은
자연의 신비스러움에
아름답고 고운 빛을 더한다

연둣빛 이파리들

돋아나는 잎사귀에
바람 일렁이면
그날의 기억들
아련하다
작은 이파리들
하늘 향해 손짓하고
바람 불어 들썩이는
싱그러운 오월

힘차게 뻗어나는
작고 여린 손짓들
긴 밤 기다림은
맑은 이슬이 되고
연둣빛 이파리들
울창한 숲
심장이 된다

봄비

봄비가 내립니다
구름 사이로 간간이 비치는 햇살에
은실의 빗줄기가 내립니다

거무죽죽한 감나무 가지에도
흠뻑 젖어 부풀어 올라
생살 터지듯 감꽃이 피어나겠지요

전신주에 참새들이
빗방울처럼 대롱대롱 즐겁습니다
메마른 세상이 봄비에 젖어 살아납니다

짝사랑하는 사람의 옷자락인 양
풀잎 끝에 매달려 있는 빗방울들
내 마음은 베고니아 붉은 잎
하염없이 봄비에 맞고 있습니다

봄, 그 떨림

첫사랑만이 가슴을
떨리게 하지 않는다

가지 끝에 맺힌 이슬방울
흰 눈 헤치듯 일어서는
애잔한 노란 복수초

찬바람에 온몸 흔들어대는
슬프도록 애틋한 바람꽃

파릇한 풀포기
잉크 빛 하늘
잔잔한 호수의 물결

아직도 찬바람은
언덕 끝에서 서성이지만
계절은 이미 봄을 품고 서 있다

봄,
봄은 그렇게
첫사랑의 떨림처럼 다가오는 것이다

봄 편지

플라타너스 향기 그윽한 신작로 길
사월의 마파람에 꽃비 내린다

소쩍새 울고 보리 꽃 익어가는
골짜기마다 연분홍 진달래 만발했었지
꽃잎으로 배 채우던
허기진 보릿고개 시절
산벚꽃이 안개비처럼 골짜기를 타고 내려와
온 산천은 꽃비로 흩날리던 봄
너는 한마디 말도 없이 가 버렸지

하찮은 풀꽃들도 다시 피어나는데
다시 오지 못하는 건
문밖에서 울어 버린 봄 때문인지
혹시라도 물어오면
내 마음은 잘 있다고
쓰고 싶어
사월은 아직
거기 그렇게 있다고

그 바람

어디쯤이었을까
기억 속의 길을 따라
너를 찾을 때까지
조금 뒤로 물러앉아
창가에서 바라보는
물푸레나무 잔가지

사랑할 수 있었던
모든 것들
마른 풀 사이로
제비꽃 피었다
매년 매 순간
찾아오는 봄바람
너를 닮은
그 바람

청보리 수레국화

풋풋한 비린내
코끝을 스치는 농후한 바람에
꽃잎들은 거리에 눕고
그렇게 봄날은 간다

비바람 잔인하게
꽃들을 꺾어 버려도
언제나 그러하듯
라일락은 또 피어난다

밤새 이슬 털고 일어서는
향기로운 바람 소리

청보리 수레국화
길가에 함초롬히
수채화 같은 풍경 속으로
새 한 마리 천천히 날아간다.

살구꽃

살구꽃이
눈처럼 내리던 날

자지러질 듯 퍼지는
아이들 함성
운동장이 출렁인다

힘찬 응원 소리에
도시의 시멘트벽
무너져 내리고

엊그제 같은 날들이
유월의 무성한 숲속으로

햇살 닮은 웃음소리에
풋살구는 노랗게 익어가고

한낮의 땡볕에
살구꽃 뚝 뚝
떨어진다

배꽃

슬프도록 하얗게
산사에 피어난
순백의 아름다움

이슬처럼 맑은 향기
꽃물 물든 눈물 같아

하얀 달그림자
고독한 이 밤

하얀 꽃잎 하늘 높이
사월의 꽃바람이어라

그날
사월의 꽃바람이어라

모란이 필 때면

그대
그만큼만 서서
바라보십시오
그대 서 있던 자리
지금 나 여기에서
이렇게 바라봅니다

모퉁이 돌아서면
작은 집 뜰 안에
수줍은 모란꽃
당신을 향한 마음
이슬에 젖어
그리움만 가득합니다

꽃잎들

유리벽에 빗방울이
봄눈에 젖어 흩어진다

꽃잎들은 거리에 눕고
가뭇없는 날들은 허공을 맴돈다

겹겹이 우물거리며
먹구름 스치듯
바람 한 점 불어온다

계절은 지나가는 것
목련은 흑백의 프레임 속에서
피고 지며
마로니에 꽃도
바람에 풀풀 날리어 간다

꽃잎 떨어지고

지난밤 불던 바람
창살에 비치는 나뭇가지
창백한 반달이
나뭇가지에 걸터앉아
흔들리던 어느 봄밤
하얀 꽃잎은
달빛 속에 날아가고
툇마루에 걸터앉아
그 밤 하염없다

슬픔 하나 찬란하게 옹이로 남아
가끔 아려온다
그럴 수만 있다면
그 꿈 다시
한 번쯤 훔치고 싶다
적막을 흔드는 바람 소리
달빛으로 날아간 하얀 꽃잎
풍경 소리 산사의 밤을 깨운다.

오월의 실루엣

가늘게 떨어지던 빗발이
오월의 문턱에서 잠시 비틀거린다
수런거리는 비밀스러운 말들이 오간다
골짜기에서 밀려오는
아카시아 꽃송이 하얀 꽃송이가
휘늘어진 가지 끝에 매달려
잊고 지냈던 순간들이
시린 허공에
눈물 나도록 고운 물감으로 흘러내린다
골짜기를 뒤척이며
흩날리는 빗방울
마디마디 일어서는 실루엣
오월의 실루엣

오월에 1

어렴풋이
지난날의 내 순수했던 시절이
살포시 속눈썹 사이로 스친다

꽃이 진다고 슬퍼하지 마라
푸르른 청춘의 시작이다

향기로운 바람이
밀밭으로 불 때면
푸른 파도가 일렁이고
새들은 창공을 가르며 노래한다

오월은 푸르름의 계절
이파리들이 전하는 희망

햇살 가득 차오르는
저 초록의 질감 가득한
푸르른 오월이다

오월에 2

하늘 가까이
멈춰 선 엘리베이터
나선형의
좁은 계단을 위태롭게 오른다
오래된 적막의 빗장을 풀듯
틈새 바람이 가슴을 후빈다

파릇파릇한 잔디 사이사이
흩어져 있는 작은 씨앗들
모퉁이 돌면 무너진 담장 사이
삐죽이 얼굴 내민 들꽃들
웅크리고 앉아
들여다본다

부스러진 흙더미 사이
작은 개미들 무리 지어
이파리 하나 짊어지고
이리저리 뒤뚱뒤뚱
무시로 사방에서 달려드는

바람 때문이라고
묻지도 않았는데
입술 삐죽이 내밀며
고자질한다

봄날은 간다

연둣빛 봄 그림자
물 위로 떠가면
무심히 지나가는 풍경들 너머
흰 구름 쫓아가던 솔고개 언덕

섬진강 잔잔한 물결
수조 안 메기들이 퍼덕거린다
고향을 삼키며 내지르는
공허한 긴 수염의 비명
수초 속에 잠겨서도
물살을 그리워한다

푸른 투망에 걸려
어지러운 꿈속에서
광란하는 깃발과 언어들
세월의 지층을 파 내려가
소리 없이 눈물을 삼키며
꾸역꾸역
섬진강을 퍼마신다

바람은 나뭇가지를 흔들어 봄을 깨워
보송보송한 솜털을 밀어 올리고
막걸리 한 잔에 불그레한 얼굴
목련 꽃그늘 아래
봄날은 간다

봄밤

별들 무수히 반짝인다
징검다리 강을 건너
능수버들 머리 풀어
꽃 강물에 연둣빛 물들이고
훠이훠이 실개천에
다소곳이 앉아 있다

보릿고개 굶어 죽은
새색시 정령인지도
먼 산에 구슬픈
뻐꾸기 울음소리
한 맺혀 불어오는 비릿한 봄 냄새
붉은 작약 꽃봉오리 터트리고
실버들 한없이 늘어지면
속절없이 훑어지는 저 꽃잎
봄 비속에 녹아내린다.

담쟁이

희붐한 새벽길
사람들이 밟고 지나간
흔적을 따라가는
어린 담쟁이

마침내 높고 높은
시멘트벽을 거침없이 넘어
고가로의 찻길로 뛰어든다

달리는 차도 검은 먼지에
상처투성이가 된다 해도
두려워하지 않는다

초록의 손가락들이
천 갈래, 만 갈래 뻗어나가
진이 다 빠져 바스러질 때까지

한 치의 망설임도 없이
다시 길을 떠나는
유목의 삶

도시의 봄

희붐한 새벽
도시는 밤새 품었던 안개를
서서히 풀어 말간 이마를 내민다

꽤 소란스러운
도시의 빌딩 숲
허공을 가로지르는
새들의 지저귐

술렁이는 음향이 찻잔 속에 떨어지듯
봄은 그리 소란스럽지도 않게
나무껍질 속에 수액이 흐르듯
그렇게 찾아온다

흰 눈 드문드문 이랑 사이로
아지랑이 피어오르던 들길
작은 언덕 너머 일렁이던 물결
파도치듯 그렇게 밀려오던
푸른 호밀밭

거리의 가로등 하나씩 사라지고
도시의 하루는 소란스럽게 일어선다

유월의 사유
- 휴전선

낯선 시간 속에서 흔들린다
절망의 그 언덕
이 바람은 어디로 부는지
낯선 얼굴의 바람

깊은 골짜기
햇살 한 줌도 허락할 수 없다
불안한 눈빛으로 안부를 묻고
천지간 꽃으로 피어나는
세상에서 가장 깊은 어둠의 장막

철조망 사이로 달이 차오르고
후미진 골짜기에서 들려오는
몰아쉬는 통한의 숨소리가
녹슨 철조망을 함부로 들썩인다

궂은비는 내리는데
문신처럼 새겨진 휴전선

슬픈 모국어는 힘없이 매달려 있다
슬픈 경계 구역 DMZ

유월의 질감^{質感}

신록의 흔들리는 무성함
숲은 초록으로 가득 차 있다

한낮 폭포처럼 쏟아지는 햇빛
여린 잎들은 소낙비를 맞은 듯
뒤엉켜 은비늘 뒤척인다

오래된 나무는 하늘 높이 솟아
부산스러운 세상을 묵묵히 지켜보고
산봉우리를 성큼성큼 뛰어넘는다

산 그림자 지워가는
한낮의 뭉게구름
길가에 흐드러지듯 피어난 수레국화

목로주점 담벼락에
더운 시름 묻는다

에스프레소 향기

초여름
도시의 건물 사이를
비집고 스며드는
은은한 아카시아 향기

꽃잎 흩날리고
가지 끝에 매달린
연둣빛 이파리들
하늘을 향해 힘차게 뻗어난다

이슬방울 털어낸 풀잎들
은화 같은 웃음으로
풀풀 휘날리면
에스프레소 진한 향기에
아침을 맞는다

배롱나무

굴삭기 덤프트럭
온종일 만신창이 된 하루를 부려 놓는다
하염없이 서성이며 거리를 방황하는
끊어질 듯 애간장을 녹이는 쓰르라미 소리

막바지 생을 안타까워하듯
울어대는 매미들의 처절함
쓰르라미의 애잔함

뜨거웠던 길목에서
외로운 배롱나무
파르르 떨리는 전생의 기억들
한 잎 두 잎 떨군다

능소화

무엇이 그리 급하기에
저리 맨발로 뛰어가는지

태풍의 길목에서도
이리저리 춤을 추며
하얀 발바닥 불이 난다

한여름 소나기
후두두 내리치며
모퉁이만 적시고 달아나는

긴 여름 지나기를 기다려
콘크리트 담장 높이 높이
오르고 오른 능소화여

붉은 입술 애끓는 그리움
못내 파르르 떨어지는
짧은 청춘이여

한끝에 서서

배롱나무 꽃향기 먼 하늘에 스며든다
한낮 매미 소리 우렁차게 여름을 가로지르고
장마는 그친 한낮 땡볕에 고추잠자리 빙빙
곡선을 그리며 구름 속에 숨바꼭질하듯 숨어든다
여백은 계절을 끌어당기고 점점 커져만 간다

첫 단추가 잘못 끼워진 줄도 모르고
살아온 게 잘못이라면
거울 속 옷자락을 잡아당겨 맞추려 해도
마냥 틀어져 버리는 큐브처럼
한 번에 맞출 수 없는 수수께끼를
풀고 또 풀어야 하는 건지

어차피 삶이란
기척도 없이 회오리바람에 휘말려
그냥 그렇게 오고 가는 계절 같은 것

바람맞고 사는 세상
한끝에 서서 흔들리듯

쓸쓸한 가을 거리를
홀로 걸어가는 것이겠지

연꽃

조용하고 맑은 네 얼굴
내 마음에 물든다
알 수 없는 어둠 속
그 깊은 마음을
헤아릴 수 없다

흔들리며 이내 잔잔해지는
진흙 속에 묻혀서도
고고한 자태로 피어나는
아름다움이여

겹겹이 쌓인 그리움
수면 위에 풀어 놓으면
파르르 떨리는 꽃잎
그윽한 종소리 되어 울린다

그날의 사유

한낮의 목마름
매미들의 뜨거운 함성

초록도 깊어지면
갈색으로 물든다
구멍 난 잎 사이로
소심한 바람이 지나간다

머뭇거리며 쏟아낸
부끄러운 진실
질척이며 휘청거리는
늪 같은 세상

이해되지 않는 눈빛들
비켜 가는 오해와 진실들

바람 불면 마음 열어
성근 눈빛으로 마음 밝히고
맑은 바람으로 살아야 한다

여름밤

유리창에 빗방울이
부서질 듯 소리 지른다
밤새 달궈진 유리 벽
뭇매를 치듯이 세차게 내리는 소나기에
백일홍, 비명도 지르지 못하고
붉은 꽃잎 낙수 되어 떠내려간다

하늘 높이 휘두르는 도리깨질
탁탁 튀어 오르는 콩깍지들의 아우성
깊어가는 여름밤 매미는 울어대고
바위틈 한구석에 가을을 준비하는
풀벌레 소리 애간장을 녹인다

한여름 밤의 꿈 1

창문에 반쯤 걸려
구름 사이로 보이는
하얀 낮달

여름비가 걷히고
푸른 하늘에 걸린 낮달이
시리도록 애처로워

한밤중에 울어대는
풀벌레의 울음소리

여름은 저만치
계절과 계절 사이를
흐르다 머문다

산다는 것은
흐린 기억 속의

한여름 밤 꿈같다

한여름 밤의 꿈 2

먼 산언저리마다 설핏설핏
기억나지 않는 어젯밤 꿈
아려오듯 일으켜 세우는 비밀들

누가 살다간 빈집
바람이 흔들어대는 소리에
휘휘 잠에서 깨어난다

대추나무 아래 가마니 털썩 깔고
대나무 낚싯대 드리우면
먼 하늘이 풍덩 빠져들어
소금쟁이 구름 위를 지나간다

한여름의 여윈 기침 소리
어렴풋이 살아나는 꿈들이
시간을 거슬러
그곳에서 환하게 웃고 서 있네

물여울 떠오르던 그 강가
싸리꽃 향기에 젖는다

바위의 잠

지구별 모서리에
온통 싸리꽃으로 둘러싸인
나지막한 작은 바위
깊은 잠을 자고 있는지
무심한 바람만 스친다

실안개 능수버들
새초롬히 봄눈 뜨고
여름날 천둥 번개 소낙비
붉게 물든 단풍 꽃 그림자
북풍한설 백야의 눈부심에도
바위는 아직도 잠을 자고
발자국 남기고 떠나갔을
작은 새들 기다리고
종종 아픈 날들 기억하다
망부석처럼 깊은 잠을 자고 있다

백일홍

공간과 공간의 사유

질식할 것만 같은 텍스트

풀풀 날아오른다

많은 말로 채우려 해도

쓸데없는 넋두리들

허공을 향해 날아가 버린다

공허한 여백의 긴장감

침묵이 순간을 잠식해 버린다

백일홍 꽃들 붉던 그 여름

빗줄기와 태풍에 떨어지고 꺾여

끝내 사람들의 발에 밟힌다

나뭇잎들 사이로 비치는 햇살에

여름의 끝에 서 있는

붉디붉은 꽃잎들

가을의 길목

가을 햇살 낮은 담장 사이
함초롬히 피어 있는 들국화
뜰 안에 옛 향기 가득하다

나무는 한때 바람이었고
떨어지는 낙엽은 바람의 꽃이다
한 잎 두 잎 떨어지는 피의 영혼들

청잣빛 푸른 하늘
빨랫줄에 펄럭이는 옥양목
산다는 건
속울음 삼키며 참아내는 일

팽팽한 줄 당기듯
시리도록 푸른 하늘
문득문득 아릿하게
떠오르는 그 말
가을의 길목에서 소리 내어 본다

가을

누구나 한 번쯤은 헤매던 길
찾을 수 없어
돌아가는 길목에서 서성인다

바람에 베인 것처럼
지나온 상처들이 아려온다

답답한 속을 토해내더니
한층 가벼워진 하늘
허공을 빙빙 도는 고추잠자리
푸른 투망에 걸린 흰 구름
바람에 흩어진다

바람도 살랑 부는
하얀 신작로 길
플라타너스 성근 잎 사이로
검푸른 수평선이 출렁인다.

초가을

넓은 창 너머로
파란 하늘과 흰 구름이 아득하다
또 다른 계절이 문밖에 서 있다
선선한 바람 한 점
열린 창틈 사이로 살며시 들어온다

아슬아슬한 줄타기를 하듯
삶의 힘겨운 무게
살아도 못다 한 말들을
나뭇잎 떨어지듯 쏟아낸다

뜨거운 태양 아래
붉은 칸나의 정원
찬 서리에
핏빛 토해내고

초가을 저녁
저물어가는 초승달
쏟아져 내릴 것만 같은

별들의 눈물이
찌르레기 우는 길섶에
이슬로 젖는다

산사나무 아래에서

바람 길을 열어 놓은 하늘 아래
운무 자욱한 산자락을 돌아
성벽 돌담 위 산사나무 위태롭게 서 있다
물안개 산허리를 어루만지고
뒤엉켜 은비늘 쏟아내는 잎사귀들
새벽 등산객들 눈길 사로잡는
빨간 열매 꼭꼭 숨기고 있다

바람결에 서성이는 작은 새들
설익은 푸른 열매 파닥이는 날갯짓
바람도 맑게 헹구어가는 숲이
사각거리는 산사나무 나뭇잎 사이로
소리 없이 가을 풍경을 열어 준다

바람이 열어 준 하늘을 보라
무수한 잎새들이 은비늘 쏟아내고

열매
발그랗게 익어 가을을 준비한다

바람 뒤에 서성이는 작은 새들
설익은 금빛 열매 파닥이는 날갯짓

바람도 맑게 헹구어가는 숲이
가을의 길을 열어 준다

쓸쓸함이 사각거리는 나뭇가지에
붉은 산사 열매 출렁인다

물들이다

한낮에 무릎 꿇은 햇살
눈물인 듯 매달려
온종일 돌고 도는 해바라기
커다란 얼굴이 까맣게 물들어간다

낯선 시간 속을 떠돌다가
강기슭에 떠도는 우울함
그림자처럼 나타났다 사라지는
허전한 망설임

이 계절
칠흑 같은 어둠에도 채도가 있듯
한끝에 서서 거칠게 흔들리고 있다

아득히 먼 수평선
구름 속에 출렁이고
뜨거운 열기 아직 남았는데
낯선 이방인 슬며시 손 내밀고
여린 코스모스 가녀린 허리

마구 흔들어댄다

하늘과 바다가 한 몸이듯
노을은 천천히
외로운 내 마음마저
가을빛으로 물들인다

가을은

비집고 들어오는
햇살과 바람이 스산하다
멀고 먼 하늘 끝에서 내려오는 듯
쓸쓸한 바람이 갈잎을 말리고

하늘은 한층 더 멀어진 듯
밤하늘 미리내 아득히 멀어지고
깊이 파고드는 계절풍에 마음 시리다

한 잎 두 잎 떨어지며
담쟁이 마른 줄기
바스락거리는 비명

갈길 잃은 저 기러기
하늘에서 묵언 수행 중이라
외로움 등줄기에 매달고
갈잎의 발자국 따라가며
그 위에 또 그 위에
긴 여정을 준비한다

가을 냄새

뜰 앞에
하루가 낮게 드리운다
찻잔을 앞에 놓고 낙엽 타는 냄새와
숙성해가는 계절의 호흡을 마신다

미루나무 꼭대기 엉성한 까치집이
소리 없이 지나가는 바람에 휘청이고
우듬지마저도 힘껏 출렁이게 한다

계절은 서서히 생채기를 내며
고뇌의 빛깔로 갈아입고
마른 바람 계절풍 속으로 스며들어간다

떠나야 하는 가을은
낙엽이 타고 들풀이 말라가는 황량한 들에
대지의 꿈결 속에
짙은 향기를 남기고 간다

가을 시선

가슴은 서걱거리고
풍경은 사위어가고
숲은 헐거워지며
나목들의 절규에
핏빛으로 물든다

담벼락 사이를 오르던
담쟁이 넝쿨 마지막 손끝을
돌담 사이에 그림자로 그려 넣고
갈대숲은 늪으로 빠져들며
긴 속울음을 토해내듯 삼킨다

잔물결 일렁이는 호숫가
푸른 하늘에 나부끼던 연줄
쪽빛 호수에 잠기면
고추잠자리 은빛 날개를 편다

고독하고 쓸쓸한 것들
저마다 여위어가는 모습들이
한없이 슬프고도 찬란하다

가을을 걸어 본다

가만히 멈추어 보면
추억이 스미는 눈물이기도
설핏설핏 스쳐가는 그리움이기도 하지

추적추적 가을비라도 내리면
황금 들판 허수아비 두 팔 걷고
가을걷이에 급한 마음
참새도 잊어버리지

쓸쓸함과 외로움을 다 태워
바람에 실려 어디쯤 내려놓을지
그늘진 이끼 사이로
가뭇없이 들꽃들 피고 지면
마른 길섶 젖히며
가랑잎 바삭바삭 밟히는 소리

가을을 걸어 본다

숲이 짙어진다

푸른 물결 출렁이는 오월의 숲
점점 짙어지는 유월의 신록
가만히 들여다보면
단풍이 들고 또 지고

청춘의 빛나던 시절처럼
무성하게 자라는 희망의 수풀
어디쯤인가 두고 온 너와의 이야기가
곱게 물들어 그 자리에서 바라본다

인생이란 머물렀다 또 가는 것
자갈밭 돌멩이처럼 이리저리 채이며
툭 떨어져 나간 삶의 한 모서리
붉은 핏빛으로 물들어간다

먼 산 아카시아 꽃향기 목덜미로 흐르고
성근 이파리 사이로 햇빛 울컥 쏟아져 내리면
수풀 바람은 짙은 그리움 안고 살랑인다

가을 편지

누가 저토록 파란 하늘에
잉크를 흘린 건지
짓궂은 바람이
하얀 솜 이리저리 끌고 다닌다
가을은 저리도 찬란하게 피어나는 것을

도시의 작은 서점
창 넓은 창가 한 귀퉁이에 조용히 앉아
옛 시인의 시 한 소절을 그리움에 담아
아득히 먼 그곳으로 편지를 쓴다

가을 이별

산봉우리 긴 그림자
아침 해가 산그늘 지우며
골짜기 따라 자욱하던
몽환의 안개

늦가을 비가 내린다
이런 날이면 빛의 색깔을 찾듯
향나무 연필로 한 편의 시를 쓰고 싶다

붉게 물든 단풍잎
갈참나무 우듬지에
위태롭게 둥지 튼 까치 집
겹겹이 드러누운 물푸레
바삭바삭 밟히는 소리
설익은 도토리 툭 툭 떨어져
휘청거리는 발걸음

작별이란 혼절하듯
쓰러지는 아픔

돌아올 것이면
떠나지도 않았을 것이다

빈 가지 끝에서

살아가는 일을 몇 문장으로 말하고
다 아는 것처럼 장담할 수는 없는 것

계절이 오고 가듯이
속절없이 흘러가는 것

시간과 공간 속에 융화되어
단 하루도 허투루 살지 않았기에
이젠 괜찮아
괜찮은 거야

하늘과 바다, 산과 들
그리고 이 거리에서
여전히 흑백으로 남아 있을
너와 나의 거리

바짝 마른 옥수숫대
서녘 끝에 서걱거리며 흔들리고
쓸쓸한 빈 가지
매운바람에 온종일 중얼거린다

침묵의 그림자

죽는다 해도
죽지 않은 것이며
떠난다 해도
영영 가는 것은 아니니
갈 길 잃어 헤매는
바람의 길에 흔적만 깊어진다

바람은 이랑 깊은 자리에
침묵의 그림자를 새기며
시린 손끝에 머물렀던 것들
이제 다 내려놓고 싶다

어느 깊은 산골짜기
마른 낙엽처럼 푸석거리며
천천히 비우고
또 비운다

산이여!

바람 부는 날, 산에 오르면
너는 보일 듯 말 듯
멀리 더 멀리 달아난다

갈매 빛으로 때론 푸른 안개처럼
달랠 길도 피할 길도 없는 적막함에
이슬은 밤새 목마른 숲을 적시는데
어둠이 내려앉은 바위가
푸른 이끼 속에 숨어 울어대도
묵묵히 들어주고 책망하지 않는다

산속 깊은 곳 작은 암자 하나
새벽이면 은은한 풍경 소리
숲속의 중생을 깨우고
골짜기에 흐르는 물줄기
겹겹이 물든 단풍에 얼굴 붉힌다

생의 혼돈

앙상한 가지로 남아
늦가을의 허공에 매달린다
우수수 낙엽 구르는 소리
날아가 버린 생의 혼돈

소리 없는 비명
뒤란을 휩쓸고
절규하며 울먹이는
핏빛 타는 냄새
그 향기에 취한다

계절의 호흡이 닿는 순간
남김없이 비우고 스러지는 것들
영혼의 내밀한 깊은 곳까지
바람만 채우고 간다

침묵으로 물들다

하나를 만지면 둘씩 사라져가는
흐려진 기억의 창가에
구름 사이로 하늘이 얼굴을 내민다

분별없이 얽혀가는 세월 속에
생의 실핏줄까지 야위어가고

어떤 꽃도 열흘을 못 간다는
"화무십일홍"
떠난다는 말조차 잊은 채
꽃들은 가을비에 흥건히 젖는다

거리에는 사람들
인생의 한 페이지를 장식하듯
바람 속을 배회하고

밤새 울어대던 비바람
말갛게 투영되는 침묵 속에
비틀거리듯 실없이 흥얼거린다

슬픈 계절

창문 흔드는 바람 소리
밤길 비추는 달맞이꽃
간이역 낡은 벤치 옆
훌쩍 커 버린
보랏빛 맨드라미
누렇게 익어가는
들판을 기웃거린다

한때 푸르렀던 나무들
재촉이나 한 듯 얼굴을 붉히고
밤새 울어대는 풀벌레 소리에
국화꽃은 함초롬히 피어나고

바닷가 수평선 너머
저녁노을 지면
첼로의 가장 낮은 멜로디가
썰물의 느린 움직임처럼
마음을 파고든다

비가悲歌

슬픈 노래여
부르면 달려올 듯
그리운 먼 사람아

혼돈 속에서도 계절은 찾아오고
붉은 꽃잎들은 떨어져
빗소리에 흥건히 눕는다

가을비 내린다
어디가 하늘이고 땅인지
흩뿌리는 빗줄기에
기억은 성긴 무늬를 지운다

하늘이 울고 파도는 소리치고
하늘 끝 한줄기 비행선
젊은 날이 그리워
불러 보는 슬픈 노래

겨울 숲속에서

바람의 호흡을 마시며
숨 가쁘게 산비탈을 따라 오르면
능선 양지 바른쪽에 앉아
잠시 한 호흡 멈추고
숲을 들여다본다

사각사각 수런거리는 산새들
채 마르지도 못한 낙엽들까지
작은 바위틈으로 모여 나누는
차갑고 쓸쓸한 이야기

찬바람이 몰아치는 골짜기
땅속 깊이 내린 뿌리들
젖은 바위틈에 얼어 버린 이끼
비탈길 구르는 돌멩이 하나

그늘진 눈 쌓인 골짜기
적막함에 죽어가는 나무들
날카로운 까마귀 떼 울음소리
고요한 숲속을 울린다

겨울 강가에서

침묵이다
얼어 버린 땅 위로
바람이 분다
강물은 가장자리부터
얼음의 두께를 두르더니
강줄기마다
세월을 풀어놓는다

어젯밤부터
거친 물살 뒤척이더니
서둘러 길을 재촉하듯
넓은 바다로 떠날 채비를 한다

진눈깨비 휘몰아치던 언덕
흔적 없는 허공만 바라보며
끝내 울어 버리는

힘겨웠던 시간들
이 세상 떠나는 날

모두 저 강물 되어
어느 기슭에 닿을지

눈 내리던 날

바람 한 점 없는 이른 아침
하얀 창호지 문틈 사이로
햇빛 내려와 밖은 소란스럽고
밤사이 내린 눈이
소복이 쌓인 나뭇가지에
허기진 새들 날아들어
흰 눈 쪼아 먹는다

눈이 부신 햇살
아침을 열어가고
어젯밤 조용히 불러낸
추억들이 속삭인다
하얀 눈 쏟아지던 날
바람결에 멈칫하던
쓸쓸한 발자국들

습설

삶이 파 놓은 깊은 이랑
농부의 눈가에 맺힌 허무를 본다
반짝이는 시간을 밟으며
무슨 슬픔이 저리도 쌓여
눈물 섞인 습설이 내리는지

허탈한 한숨 소리
지붕이 무너져 서까래가 내려앉고
무겁게 뒤척이며 삶이 두 어깨에 매달린다

비닐하우스는 흔적도 없이 사라지고
자동차는 북극 마을의 썰매
가로수 우듬지는 별이 되고

뒷산 너머
설경 속 작은 암자
비탈의 적막을 내딛는
노승의 지팡이에
피어난 푸른 상고대가
노을 속에 찬란하게 빛난다

눈 내리는 밤

창문 열면 아득히 먼 하늘
하얀 눈송이가 소리 없이
저리도 자욱하게 내려오고 있다

희미한 가로등 밑
홀로 서성이는 뒷모습
언제부터인가
우체통 하나 쓸쓸히 서 있어
바람 따라 쌓였다 흩날린다

무슨 사연이길래
저리 서성이는지
하염없이 눈은 내리고

밤하늘에 유난히도 빛나던 별 하나
점점 희미해지는 그 이름
시린 가슴 아직도 얼얼한데
밤새 하얀 눈만 아른거린다

겨울밤

겨울밤은 왜 이렇게
시리고 아픈지
가늠할 수 없는 바람은 밤새
우듬지를 위태롭게 흔들어
슬프게 울어댄다

빛과 어둠을 분간할 수 없었던
백야의 길목에서
쓸쓸히 걸어가는 뒷모습이
한없이 외로워 보인다

그 누구에게도
말할 수 없었던
낯선 이방인의
봉인된 절망일 뿐

겨울 애상

앙상한 뼈들이 거미줄처럼
마른 몸뚱이들을 의지하며 떨고 있다
회색 하늘엔 은하수 투명한 실핏줄

소복이 내려앉은 하얀 꽃송이
청솔가지 따뜻하게 감싸안으며
외로운 달빛 잔잔하게 흔들린다

모진 바람에 얼어붙은
저수지에 돌을 던지면
차가운 얼음장 깨치고
소환되는 유년의 기억들

줄지어 나는 기러기 떼
한 점 흐트러짐 없이
시린 달빛 속으로
그렇게 또 한 계절이 떠나간다

겨울 산

겨울 숲이 침묵한다
바람의 길도 허락하지 않고
죽음보다 깊은 고요
허옇고 긴 수염 같은
폭포마저 얼어 버렸다

길어진 산 그림자
깊은 동굴 속에 숨어 버린 듯
천지는 적막강산
고요 속에 견디고 있다

내려놓지도 부여잡지도
이러지도 저러지도
길 잃은 작은 새 한 마리
외로운 숲길에 홀로
하얀 여백을 딛고 서성인다

한강

강물에 쏟아져 내리는 햇살이
반짝이는 은어 떼를 비추고
코끝을 맴도는 바람은
계절에 음표를 던진다

강가에 흐드러진 들꽃들의 향연
맑은 바람이 강물에 파문을 일으킨다
허공을 맴도는
갈매기의 울음소리가
유유히 떠내려가는
나룻배에 출렁인다

봄, 여름, 가을, 겨울,
사계의 악보를 연주하며
유유히 한강은 바다로 흐른다

제야의 밤

종소리는
까마득한 밤을 넘어간다

시간은
환한 아침으로 서 있다
묵었던 이야기를 꺼내
살뜰히 닦아내면
별빛처럼 빛난다

허전한 빈 들판엔
불안한 뉴스들이
폐품처럼 펄럭일 뿐

힘겨운 순간들을
넘어오던 얼굴들이
거리마다 뜨겁게 불탄다

낮은 호흡들이 토해낸
침묵들이 눈송이가 되어
하얗게 하얗게 흩날린다

백두산아 한라산아

언젠가는
동여맨 허리를 풀어
한라에서 백두까지
태곳적 흐르던
젖줄을 열어 두자

오천 년
한 민족 한 핏줄
이산의 쓰라린 눈물
녹슨 가슴팍에
시퍼런 멍이 돋고 돋아

이제 우리
하얀 손으로
한 맺힌 붉은 가시를
하나둘 조심스럽게
뽑아 버리자

하늘은 변함없이 하나인 것을
비무장 깊은 골짜기에
바람만이 싸늘하게 불어온다

제3부

추억, 그 아련함 속으로

보이더라

마른 장작 몇 단
머리에 이고 장에 팔러 가신 어머니
초저녁별이 뜰 때까지
기다림은 푹푹 눈사람이 된다
산 그림자 기괴한 울음소리
괴물처럼 터벅터벅 내려온다

몰아치던 눈보라
천지간에 부르며 겁 없이 쫓던
외로움은 무서움에 질식당하고
기다리고 기다리다 그친
어린것들의 허기진 눈물

생각과 생각이 만나니 보이더라
차가운 별들만이 오롯이
멀리 바라볼 수 있었다는 것을

별들도 오래도록 바라보면
나처럼 울고 있다는 걸
비로소 알 수 있더라

눈 감으면

어젯밤엔 찌르레기가 참을 수 없이 울어대더니
빗방울들이 팽팽한 창호지 문살을 두드린다
빈 찻잔 속 찬바람만 불고

멀리서 들려오는 바람의 말
맨발의 시린 황톳길
얼어 버린 문고리 잡고 매달려 본다

달맞이꽃처럼 환한 달밤을
송두리째 끌어안고
컹컹 울어대는 노루 꽁무니 쫓아
청솔가지 한 아름 둘러매면
황금빛 노을 속에
저녁연기 피어오른다

눈 감으면
하루해는 긴 울음을 토해내고
수평선 너머 아득히 먼 곳
사라져가는 노을빛에
시詩 한 편 걸어 두고 싶다

그날의 기억

잿빛 하늘에 눈구름 가득하더니
하얀 눈발이 하염없이 내려오고
순간 온 천지간 흔적을 지워 버린다

미완의 시간이 허공을 떠돌자
태초의 바람이 행성을 스치듯 아찔하다

시퍼런 바람은 이승을 떠난 영혼들의 절규
밤새 서성이더니 빈 가슴에 달려들며
울부짖는 메아리가 처연하다

세월의 흔적을 털어 앙상한 나뭇가지에
소복이 감싸 주는 포근한 눈송이들

강물은 한때의 푸른 기억을 허물고
뱉지 못한 울음을 조용히 흘려보내고
그날의 바람은 기억을 묻어 두고 서둘러 떠난다

꿈이었어!

눈보라가 휘몰아치던 골목길
하늘 가득 하얀 눈이 깃발처럼 내리던 날
아득히 눈길을 헤치며 걸어오던 그 소년
크고 마른 어깨 바바리코트 휘날리며
덥수룩한 검은 수염, 우수에 젖은 맑은 얼굴로
환하게 웃으며 내 앞에 서 있었다
– 눈 내리던 스페인의 사그라다 파밀리아 성당

바위틈 사이
하얀 싸리 꽃
꿈속에서 아스라이 마음 붙들어

새털구름 장난질하던 하늘 아래
무청 푸르렀던 언덕을 지나면
까칠했던 보릿고개

이젠 괜찮아
다 지나갔잖아

꿈속으로 파고드는
날카로운 기억의 조각들
고통과 얼룩의 한세월을 헤집고
바람 속을 걸어서 그가 내게로 왔다

푸른 보석

마주 잡고 건너던 징검다리
달빛에 아리는 젊은 날의 초상
푸르른 화음 마음 적셔 주고
길게 누운 구름 사이
한 조각 추억으로 일렁인다
나뭇가지에 내려앉아 바라보았던
투명한 미리내 강

그리움이 깊어지면
달빛은 더 환해지고
슬프도록 마른 바람에
잊었던 눈물이 솟아난다

하얀 물거품
푸른 등껍질 뒤척이며
검은 바위에 부서져 내린다
아무도 찾을 수 없는
푸른 보석이 되어

감꽃

바람도 열지 못한 저 빈집
파랗게 질린 녹슨 대문
파도가 길을 잃어 출렁이듯
보리밭 이랑 사이로
뻐꾸기 울음소리만 구슬프게 들립니다

눈 감으면
감꽃이 뒷마당에
별처럼 떨어집니다

배고픔 줄줄이 꿰어 목에 걸고
뒷동산에 올라 작은 바위에 누우면
청잣빛 하늘에 두둥실
흰 구름 흘러갑니다

모두 어디로 간 건지
내 고향 뒷동산은 그대로인데
유월의 맑은 바람만
밀밭 사이로 출렁입니다

유년의 윗목

낮의 뒷면은 어둠이다
눈을 감아도 눈을 떠도 다르지 않다
어디가 하늘이고 땅인지 온통 암흑이다

시공 밖 기억 너머
온몸으로 어둠을 익히며
발부리에 채이던 큰 돌멩이는
어디쯤 박혀 있는지
허우적거리던 손끝으로
아슴아슴 더듬어 가면
익숙한 풀냄새가 코끝을 간지럽힌다

하루도 빠짐없이
걸었던 오솔길
아득히 멀리 희미한 불빛
그리운 고향 집
끊어질 듯 애간장을 녹이는
들고양이의 울음소리가
날카로운 적막을 파고든다

생의 한가운데 서 보니
나의 유년의 윗목은
차갑고도 어두웠다

추억 1
- 광화문의 사유

길을 가다
불현듯 멈추어 선
광화문 네거리
되돌릴 수 없는
흐려진 기억들

멀리 전광판에
새겨진 그 이름
시린 가슴속
후비는 바람이었다

흩날리는 진눈깨비
빛나던 추억들이
짙은 안개비로 거리를 떠돌고
빈 가지 끝에 그리움으로 맺힌다

거리를 오가는 사람들
쓸쓸한 이야기들
광화문 거리에 묻어 두고

어스름 골목길을
바람처럼 지나간다

추억 2

지나가는 비처럼
그렇게
우산을 펴들고
빗속으로 사라졌지

어쩌다 한 번
마주쳤을 뿐
그리움만 남긴 채

하얀 눈 푹푹
무릎까지 덮는데
그 길을 걷고 또 걸었지
하염없이 걸었지

하얀 눈 위에 그 이름
무심코 적어 보며
이 밤 또다시
회억의 한 페이지를

고이 접어
일기장에 묻는다

추억 3

왜 마시지 않아?

이 커피를 마셔 버리면
우린 떠나야 해

슬픈 음악이 흐르고
셀 수 없는 기억들이 아려온다

손에 쥔 커피 잔에
다뉴브 강의 푸른 물결이
출렁이면

아무 말 없이
먼 하늘을 끌어다 마신다

슬픈 이별의 순간들은
푸른 유리 벽 사이로 흩어지고

그렇게도 짧았던 인연
그 밤 기적 소리 하염없다

서걱서걱 비벼오는 진눈깨비
그 황량하기만 했던 둑길을
이 밤도 서성인다

추억 4
- 명동 파고파고

동굴 깊숙이 자리한
기억 저편에서

실종되었던 추억이
파문을 일으키며
순간을 소환한다

꽃 같았던 날들이
함박눈 되어
하염없이 내린다

언덕 위 종탑
그날의 종소리 들려오고
기도는 빛바랜 메아리인 양 아득하다

하얗게 시려오는 창문 밖
우수수 떨어진 낙엽들은
한 시절의 그리움을 물고
먼 숲으로 날아간다

어스름 저녁
이방인처럼 하염없이
낯선 거리를 헤매고
흐려진 문신처럼 새겨진
너를 이제는 보내려 한다

추억 5

그대라는 이름은
내 마음속 푸른 이끼
맑고 순수하게 흐르는
바위틈의 질감
언제나 어지러운 꿈을 지배하고
광란하는 언어의 고삐를 부여잡는다

가슴 깊이 일렁이는 바람
밤하늘 고요히 흐르는 유성
햇살로 눈이 부신 메카를
잊힌 옛길을 더듬듯 순례한다

익숙한 그대의 이름은
영원한 언어와
한밤의 불같은 성정으로 휘적시고
무너지듯 어둠을 가르며
회억의 밀림으로 이끈다

보릿고개

시린 향기 속에
서러운 풍경이 걸어온다

흰 눈 드문드문
이랑 사이로
무서리에 살얼음
들뜬 땅을 밟아
여린 새싹 그루터기 곧추세워 다져 준다

깊은 산속 두견새 애달피 울어대면
실안개 흐르는 언덕
파릇한 풀포기
냇물에 어린다

보릿고개 허기지던 시절
풀피리 슬픈 곡조는
유년의 책갈피처럼
마음 한구석에 꽂혀 있다

어머니

아스라한 황톳길 돌고 돌아
숲길 서걱대며 울어대는 날이면

깊이 파인 논두렁 사이로
스며드는 한낮 땡볕

치마 끝에 줄줄이 흘러내리는
비릿한 살 내음

하얀 깨꽃이 등불처럼 피어나고
작은 콩들이 줄줄이 익어가면

하늘보다 더 푸른
옷고름 펄럭이며
오뉴월 수수꽃 같은 당신

가슴 시린 날이면
정한수 떠 올리며
그려 봅니다

어머니
나의 어머니

보리밭에 개똥참외

산과 들을 지나 봄바람이
보리밭 이랑 사이로 불어온다

보리꽃 누렇게 물들어갈 때
속살거리는 이랑 사이로
개똥참외 여린 줄기
풀섶에 살며시 손 내밀면
까슬한 보리꽃 헤치며 찾았다
조막만 한 개똥참외
설익어 솜털 보송보송하다
누가 볼세라 조심조심 줄기를 당기면 뚝
한입 베어 쓰디쓴 맛
주린 배 채워 주면
세상 부럽지 않아
하늘로 두둥실 날아간다

하얀 치자꽃 달큼한 향기가
몽환의 새벽을 깨우면
그 시절 그 바람

코끝이 저려와
차라리 눈을 감는다

연을 날린다

연을 날린다
바람에 달아날까 봐
가만가만 줄을 당긴다

초가삼간 오두막집
마당 끝에 내려서면
실개천이 흐르고
사계절 피어나는 꽃들과 과일나무
방죽엔 울 아버지 대나무 낚싯대
물고기들 찬란하게 은빛 비늘 반짝이며 날아오르는
고추잠자리 구름 위를 헤엄치고
소금쟁이 물방개 개구리 올챙이
물 위를 가로지르는 꽃뱀

장독대엔 봉숭아 맨드라미
모란 장미 국화 코스모스에
해바라기 접시꽃 달맞이꽃 어우러지고
논에는 벼가 누렇게 익어가고
들녘엔 수수꽃 탁탁 튀는 콩들

등불처럼 밝기만 한 깨꽃

허수아비 밀짚모자에 가을이 익어가면
푸른 하늘 한 점
마음속에 연을 날려 본다

찔레꽃

하얀 찔레꽃 안개처럼
피어오르던 개울가
가시넝쿨 사이사이
연초록 여린 찔레 줄기

물비늘 반짝이며
흐르던 봄의 시냇가
이끼 속 돌미나리
한 줌 뜯어 움켜쥐면
파릇한 향기에 취한다

흐드러진 꽃잎 사이
요염하게 똬리 틀고
날름거리는 꽃뱀
화들짝 놀라 미끄러져
초록 속으로 풍덩

놀란 올챙이 떼
까맣게 흩어지고

살짝 스치는 바람에
까만 눈동자
꽃잎에 흔들린다

싸리꽃

내뿜는 향기
불어오던 바람
골짜기를 헤집고

능선 따라
싸리꽃 무리
참을 수 없어
아득하다

낭창낭창 물오른
물푸레 가지로 묶은
싸리꽃 한 다발

바람이 불어오면
싸리꽃 냄새 아련하다
작고 순수한 꽃잎들

떨리는 작은 꽃잎들
붉은 노을 속으로 젖는다

장독대

세월을 동여맨
항아리 실금 사이로
바람만 빙빙 돌아든다

뻐꾸기 울어대던 보릿고개
봄바람 감도는 장독대 난간에
철없이 피어 있던 봉숭아
그 붉은 꽃잎 하얀 반달 속에 물들고
뒤란의 수줍은 대나무
사각사각 칭얼댄다

햇살 좋은 날
햇살 한 줌
보리밥 한 숟갈
애, 고추장
애, 된장
풋고추 어린 마늘
숭숭 썰어 한 줌
쓱쓱 그날의 배고픔 잊는다

향수 鄕愁

어릴 적
풀피리 입에 물고
뒷동산에 오르면
가을 햇살에 빨간 고추
넓은 바위 한구석
매운 냄새 가득하다

푸른 파도 속
일렁이던 보리밭
감꽃 줄줄이 매달고
달 밝은 밤이면
은하수 투명한 강
배꽃으로 빛난다

백양나무 숲 저녁노을
토방 맷돌 위
식구들 검정 고무신
내 건너 대나무 집
왕매미 우렁찬 소리

댓잎들 수런거린다

눈 감으면 달려드는
비릿한 내음
옥색 저고리 무명 치마
산과 들 옷고름 날리던 어머니

감꽃 피면 가겠다던 약속
세월의 부피만큼 깊어지고
봄 아지랑이 가물가물
기억 속에 흐려진다

작은 연못

버들가지 늘어진 개울가
파란 하늘이 연못에 풍덩
소금쟁이 구름 위를 사뿐사뿐

솜털 구름 사이로
고추잠자리 빙빙
고운 날개 은빛으로 날아오른다

자맥질에 물결 일렁이면
그리운 너의 모습
일렁이는 빗살처럼 흔들린다

소금쟁이 물방개
까만 눈 작은 올챙이들
어우러져 살아가는 곳

일렁이던 잔물결
바람에 잔잔해지면

그 시절 어린 마음
작은 연못에 비춰 본다

회상

남쪽에서 바람 불어오면
풍경 끝에서 일어서는 이야기
살구꽃 흐드러지게 피었던 날

비바람 몰아치던 날
후드득 떨어지던 풋살구
개울물 따라 떠내려가면
맨발의 검정 치마 펼치고
정신없이 주워 담았던

물안개 자욱한 몽환의 살구꽃
하얀 찔레꽃 흐드러지게 핀
작은 시냇물가
신비로운 수채화 같은 정경

작은 꽃잎 몽글몽글
자꾸만 얼굴 내밀어
비밀스럽고 슬픈 추억들
눈에 밟히는 그곳

꿈

그날
진달래꽃
연분홍으로 출렁였지

시린 배고픔 달래려
한 아름 품에 안고
눈물인 듯 꽃인 듯
하염없이 따 먹던
가련한 소녀

천길만길 땅속
흐르는 강물 따라 잠이 들고
따뜻한 볕이 그리워
먼 산 진달래꽃 피었다

어디선가 들려오는
풀피리 보리피리
아련한 소리
눈 비비며 부스스
깨어나는 꿈

최길순 시집

괜찮습니다

인쇄 2026년 1월 28일
발행 2026년 2월 04일

지은이 최길순
발행인 이노나
교 정 김아란(cosmosk2j@naver.com)
펴낸곳 산사나무
주 소 서울특별시 종로구 창덕궁길 146-1, 302호
전 화 010-8208-6513
이메일 sansanamu22@hanmail.net
출판등록 제2022-000122호

ISBN 979-11-996754-2-1 03810

값 12,000원